MÍNIMO MÚLTIPLO COMUM

RAQUEL MATSUSHITA

Rio de Janeiro, 2023

Aos eternos

Jorge Miguel Marinho,
que usa palavras
para construir vida.

Lia e Nino,
que me dão vida
para construir palavras.

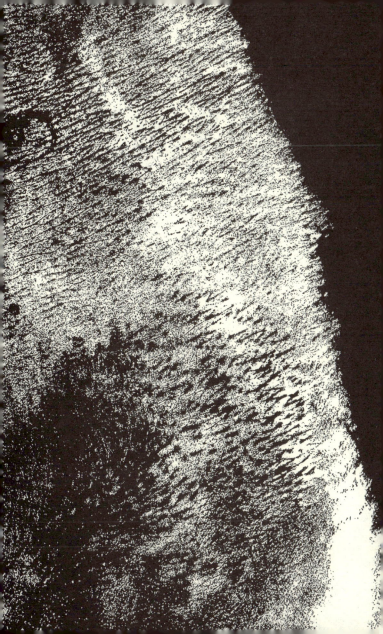

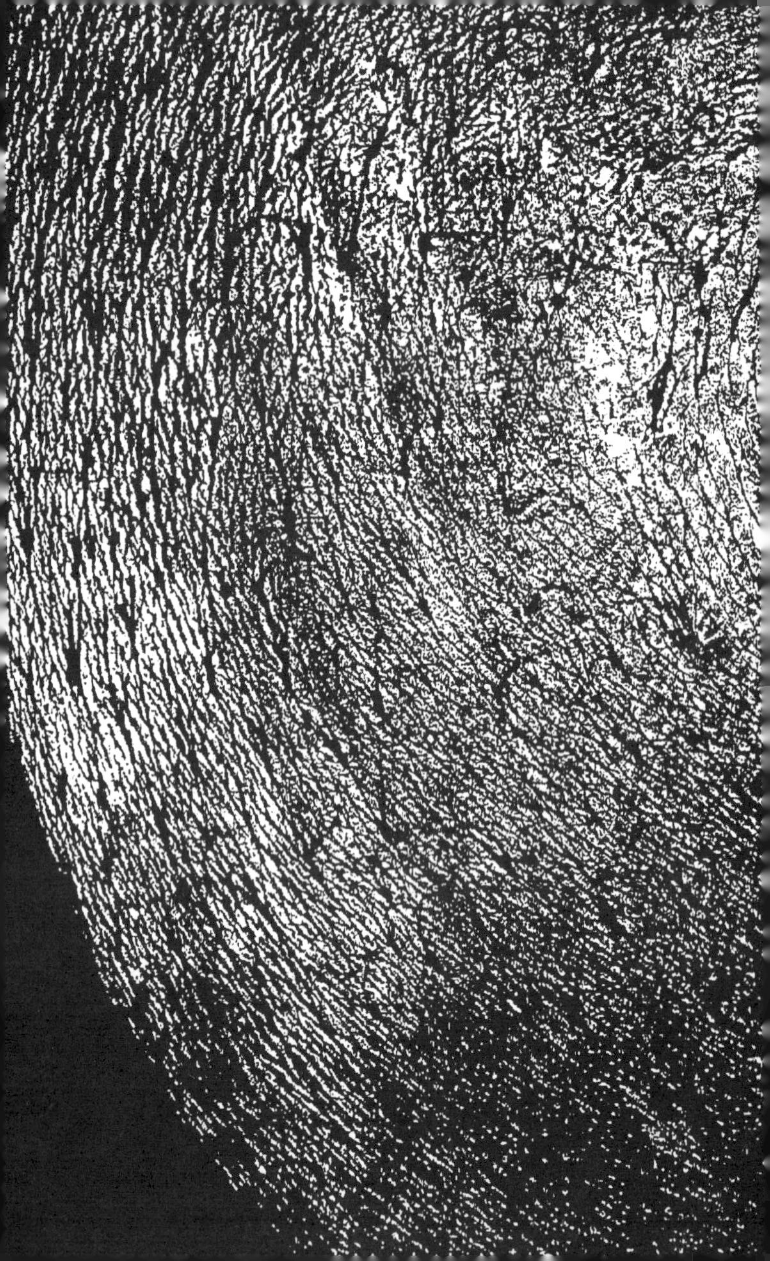

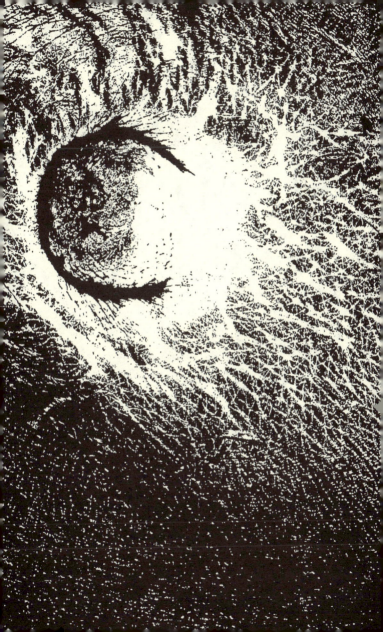

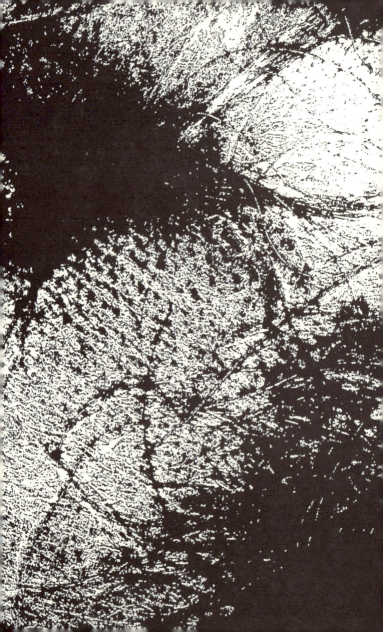

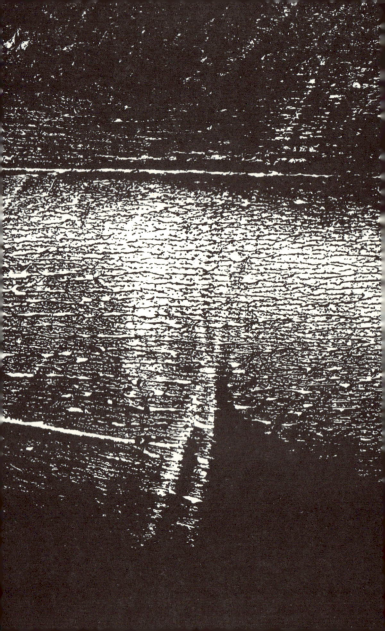

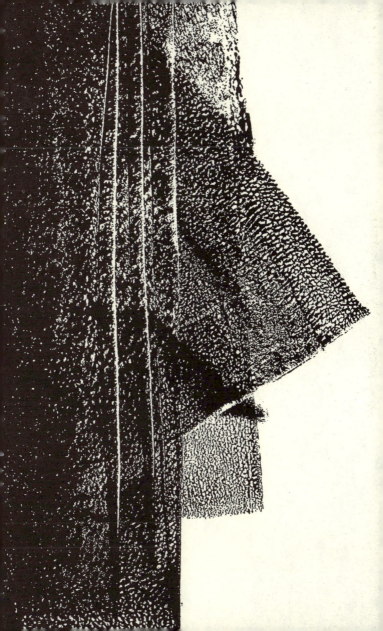

CAFÉ AMARGO

Cheguei cedo à consulta com a dermatologista. Na sala de espera, a secretária me recebeu com simpatia e café. Contou como costuma fazer a bebida em casa, um pouco mais de água do que o recomendado, para não dar azia. Sempre que toma café muito forte, passa o dia com uma queimação danada. Açúcar, me ofereceu. Tomo puro, agradeci. Mas ela toma com bastante açúcar porque a vida já é tão amarga... A piscina da hidro, lá no Sesc, não é muito quente. Uma dureza pra entrar, imagina no inverno! Sim, imagino. No caminho para o vestiário, uma corrente fria espalha resfriado pra todo mundo. Terminei o café. Ainda falta um tanto para a minha consulta. Tento checar os e-mails, mas uma das alunas da hidroginástica nem se importa de ir resfriada na aula e passar doença pra todas. Quando ela vem com aquele nariz escorrendo, já nem quero papo. Revoltante. Que desagradável. Li uma notícia no jornal que diz que quem toma café amargo é mais solitário e, por isso, tem mais chance de se tornar psicopata. Respirei fundo. Não que esse seja o seu caso, claro, tenho certeza que não. Puxei forte o ar e senti uma tontura. Por isso que você é tão magrinha, não põe açúcar no café. No meu são duas ou três colheres e, ai, minhas gordurinhas. Comecei a respirar por ela. Depois das cinco não tomo mais café, senão não durmo. Respiração dupla e curta. Meu marido ronca que é uma tristeza. Imagina, eu com sono leve e ainda tomar café de noite? Lembrei das aulas de ioga. Antes do infarto, ele cozinhava lá em casa, uma beleza. Passei a inspirar o ar até a barriga e a coordenar a saída pelos suspiros involuntários. Almoço quase todos os dias no Pão de Açúcar. Deu soluço. A comida é boazinha e não é tão cara.

Chegou a hora da consulta. O mercado, sim, é muito caro. Cruzava e descruzava as pernas para acordar os pés dormentes e tapear o faniquito do corpo. Com cem reais hoje você não compra nada, volta de mãos vazias. Um absurdo. Sinto um alívio só de pensar que a qualquer momento aquela porta irá se abrir. Agora sou eu quem cozinha em casa, mesmo quando chego cansada do trabalho. Minha comida não é tão boa como a do meu marido. Ela não costuma atrasar, vai abrir no um, dois, três. Depois do infarto, ele não quis mais saber de ir pra cozinha, só reclama e palpita do tanto que eu pus de sal, do cozimento da carne, do café aguado, a falta de ar volta a atacar, uma tristeza não poder mais fazer o que fazia antes, o formigamento dos pés avança para o corpo, o pior é quando você entende do assunto e não aceita o que o outro faz, a porra da porta não abre, quer mais um café?, o batimento cardíaco ficou aceleradíssimo, adoro esse programa de receitas, sinto aqui no peito, não sou fiel à receita, não, mudo os ingredientes, o ar já não consegue entrar nem sair, ouço o barulho da maçaneta se abrindo, faço do meu jeito, deixei a bombinha em casa, tem hora que não dá certo, mesmo assim, prefiro arriscar, não tenho mais força para nada, o tempo está tão feio hoje, vai chover, meu corpo amoleceu, caí no chão, que estranho, será que o café amargo te fez mal?

MELHOR AMIGO

O meu melhor amigo guardo em segredo. Ele não é da escola. Mora no mesmo prédio que eu, no sexto. Quando alcancei o botão de emergência, que fica mais alto do que todos os andares, mamãe me deixou usar o elevador sem um adulto por perto. Agora, ele já não precisava mais me esperar no corredor toda quinta de tarde, dia em que minha mãe faz pilates.

Quando conheci meu melhor amigo, brincava sozinha lá no parquinho do prédio. Me mostra o que sabe fazer nesse trepa-trepa, ele falou. Ficou bobo e até aplaudiu quando fiquei de cabeça para baixo! Depois de um tempo, ele me convidou para tomar chá da tarde com bolo e tudo na casa dele. Eu não quis porque não gosto de chá. Então ele trocou por suco de uva. Uma delícia. Perguntou o que não podia comer na minha casa. O leite condensado, mamãe não compra, diz que não serve pra nada, só pra engordar.

Na segunda vez que me chamou, tinha bolo formigueiro, suco de uva e leite condensado. Falou para não contar nada para minha mãe, senão ela ia ficar uma fera por causa do doce proibido. A casa dele era a melhor do mundo. Morava sozinho e não precisava pedir nada pra ninguém. Inventamos uma brincadeira muito legal chamada "siga o mestre". Ele fez um pequeno furo na lata do leite condensado para o fio fazer o caminho.

Meu amigo é muito inteligente, pensa em tudo, até no que ainda nem aconteceu. Para não sujar nossas roupas, falou para tirarmos. Era melhor mesmo, não queria levar bronca da mamãe. Um banho e pronto. Nosso segredo estava salvo.

O fio caía na boca, escorria pelo pescoço até a barriga. Ele seguia o traçado do leite com o dedo e ia chupando. Para não desperdiçar o doce, teve a ideia de fazer com a língua. Ficou muito mais engraçado, dava cosquinha e era gostoso.

Um dia, ele errou e fez um buraco grande demais na lata. A linha de leite saiu grossa e pesada. Desceu rápido da barriga para a coxa. Fiquei meio nervosa, com medo de ele ficar bravo porque o fio passou por onde faço xixi. Mas o tio é tão legal, nem deu bola. Demos muita risada.

Coitado, sempre ganho nessa brincadeira porque lambo muito mais doce do que ele. O corpo dele é bem maior que o meu. Mas o tio não se importa, afinal, somos melhores amigos.

CONTO DE FADAS

Bel tinha os olhos fixos nos cachos louros da mulher da frente. Coração disparado. Trancou forte o maxilar para que as batidas não denunciassem o que se passava por dentro. Um pedacinho duro espetou o céu da boca. Empurrou o treco para a pontinha da língua e fez pinça para pegar a lasca de dente. Com a ponta dos dedos rodava o caco. Buscou com a língua uma quebra, um novo buraco na boca. Roçou no dente áspero e cutucou insistente.

A mente ocupada em sincronizar o movimento da língua com o dos dedos. Roça, roda, roça, roda. Os olhos fixos na cabeleira da mulher. Dos fios emaranhados escorregou para as costas e dali para a menina de mãos dadas com ela. Os cabelos eram idênticos, como eram também os de Bel e de sua mãe. Pensar nelas como mãe e filha fez parar os dedos da moça. Os ombros relaxaram.

A menina contava uma fábula que fazia a mulher rir. Bel sorriu ao lembrar dos contos de fadas que costumava inventar quando criança. Bastava a risada da mãe. A mulher tirou os sapatos para atravessar o raio X. A menina fez igual. Bel recomeçou a rodar os dedos energeticamente. A mãe pediu à filha que deixasse o final da história para depois que passassem pela aduana. Para se acalmar, Bel se lembrou das palavras de Chico. É um esquema infalível. Vai dar certo! São tantas que vão e voltam e, em três meses, enriquecem. Só assim conseguiram sair dessa vida.

Sair dessa vida. Esse era o maior sonho de Bel, desde menina. Esquecer a luz vermelha dos abajures da Dona Elvira. Maldita luz. Era para disfarçar se vazasse sangue, dizia. Quando Chico entrou na salinha, mediu uma por uma e escolheu Bel. Ao irem para o quarto, ele apagou o abajur e abriu a cortina para entrar a luz amarelada que vinha da rua.

Ao olhar o desconhecido, que trocou a luz vermelha pela amarela, a jovem deixou escapar um sorriso bem diferente daquele a que estava acostumada. Fui a escolhida, veio no pensamento.

Fui a escolhida. Vai dar certo!, repetia o mantra, enquanto perseguia os cachos louros da menina. Bel enfiou o dedão entre o tênis e o calcanhar para descalçar. A outra mão ocupada com a lasca do dente. Fez o mesmo com o outro pé. Quando levantou o tronco para largar os sapatos na bandeja, sentiu tontura. Depois ânsia. Engoliu o vômito tentando disfarçar a careta. Apertou os olhos com força. Abriu. Mãe e filha haviam atravessado o portal. Era a vez de Bel.

As pernas bambearam, os olhos arregalaram. Sua mala na esteira rolante, passando pelo raio X. A imagem de Chico apagando o abajur. A luz amarela vindo de fora, invadindo o quarto. Fui a escolhida. A luz vermelha acendeu. A lasca do dente caiu no chão. Na boca, o gosto de sangue da língua cortada pelo dente lascado.

TEORIA DA RELATIVIDADE

Abri a torneira e deixei a água fria cair por alguns minutos na mão. Úmida, deitei na cama. Encostei de leve a mão gelada na parte mais quente do corpo em busca do maior contraste possível. O frio mais frio. O quente mais quente. Comecei a massagear de leve. Esquentando o frio e esfriando o calor. Até que as duas partes se equilibraram.

Nesse conforto, enfiei dois dedos de uma vez. Entraram gelando, deflorando o calor de dentro. Novo contraste. O frio mais frio. O quente mais quente. Recomecei a massagem. Esquentando o frio e esfriando o calor. Até que as duas partes se equilibraram. Então, gozei a saudade que sinto de você.

VOO DO BESOURO

Ela foi até o *deck* em frente à casa, arrastou a cadeira para a faixa de sol, igual a um bichinho atraído pela lamparina. Sentada, com os pés apoiados no banco, nem percebeu que, por pouco, não esmagara um besouro.

Abriu o livro à procura de uma pausa nos pensamentos. Só então reparou no cascudo negro pousado rente aos seus pés descalços. Por instinto, afastou-os do inseto e abafou o grito.

Ele parecia tão inofensivo que ela retornou os pés à posição confortável e se sentiu, apesar de tudo, acompanhada. O sol batia e fazia brilhar o casco do besouro. Viu que havia naquele negro uma gama furta-cor e uma textura que lhe davam identidade. Era único e lindo. Aquele escudo multicolorido que protege o dentro, um corpo molenga. Frágil.

No ano em que se casaram, soava artificial se referir ao homem de sua vida como "meu marido". A fala era seguida, feito o rabo de uma estrela cadente, por um riso contido. A primeira vez que o meu marido veio sem sorriso, foi o início da casca do besouro. Um casulo que protege e aprisiona.

As antenas do cascudo responderam à brisa, que fez levantar a página do livro e bagunçar os cabelos. O inseto caminhou na direção dos pés dela que, desta vez, não recuaram. Percebeu que das perninhas saíam espinhos delicados, como um caule que suporta as folhas, as flores, os frutos.

A filha mais velha se aproximou, perguntando o que ela estava lendo. Sentou do lado dela e também abriu um livro, sem perceber a atenção da mãe no inseto.

Havia duas pequenas garras que abriam e fechavam, tentando pinçar algo impalpável. Um oculto silencioso que incomoda, amedronta. O futuro invisível dentro do casulo rompido.

Ouviu um rugido que vinha da janela do quarto do filho. O menino dava voz aos bonecos numa aventura espacial. Um esboço de sorriso surgiu nela. O levantar dos olhos coincidiu com o decolar do besouro. Por susto e medo, as pernas se encolheram num sobressalto. Acompanhou o voo desgovernado e suspirou ao vê-lo pousar sobre uma flor vermelha no alto de uma árvore.

TRÍADE

O telefone toca. Dona Maria aperta o passo para atender. Depois de três sins, desliga o aparelho e volta para a cozinha. Conta para Marlene que Helena chega amanhã com Clarinha para comemorar o aniversário. Parece que Beto também vem.

Ainda dá tempo de preparar a broa de milho de que o filho tanto gosta. Marlene ajuda na massa. Até às cinco, hora de ela ir embora, a broa vai estar assada.

De noite, Dona Maria coloca a mistura para Aila e Laika. Para ela, chá com bolachas. Depois da ceia, sobem as três para o quarto e se acomodam na cama de viúva. No lugar das meias, as cadelas.

Uma lambida nos lábios acorda a velha pela manhã. Dona Maria desce as escadas com as companheiras enroscadas nos pés, pedindo comida. Ao mesmo tempo que coa o café, hesita cortar um pedaço da broa, mas não.

Depois do almoço, a campainha toca três vezes seguidas, pondo as cadelas histéricas. A dona pede silêncio e sem pressa caminha para a janelinha da porta. Era Helena. Até que a velha alcançasse o portão do quintal, a filha já estava a postos. Nas costas, uma mochila de joaninha. Num braço a bolsa de couro e, no outro, Clarinha, enrolada no cueiro. Pelo amor de Deus, prende essas cadelas!

A avó faz menção de pegar a neta, mas Helena, no ímpeto de se livrar de tanto peso, mal beija a mãe e vai para a sala largar as bolsas no sofá. Abre a mochila. Está na hora da papinha.

Dona Maria estala os dedos e chama por Aila e Laika. Leva as cadelas para o quartinho do quintal. Apesar do choro, tranca a porta. Ela volta para a sala e espia a neta, que dorme embrulhada feito pacote de armazém nos braços da mãe. Oferece ajuda para o banho-maria da papinha enquanto ouve a filha reclamar do absurdo que é não ter micro-ondas na casa.

Dona Maria oferece a broa, mas não.

Para despertar Clara, Helena beija os pezinhos, de fora do cueiro. Mal a pequena abre os olhos, tem uma colher morna encostada em seus lábios. Come no meu colo, está acostumada. Água na mamadeira e está na hora de trocar a fralda.

O telefone toca. Era Beto. Seu irmão não vai poder vir, teve um problema no trabalho. A filha finge não escutar e recusa a broa oferecida pela segunda vez.

Com a menina alimentada e trocada, a avó pede para pegar a neta no colo. Helena aponta para o sofá. Senta. A pequena vai para os braços da avó enquanto a filha, acocorada rente aos joelhos da mãe, serve de rede de proteção. Dona Maria tem vontade de levar Clara para uma volta no quintal, sentir o cheiro das plantas, da terra, mas não.

Não demorou muito para a hora da soneca. A mãe toma a filha dos braços da avó e sobe para seu antigo quarto. Na porta, resquícios da cola dos adesivos Amar é..., que poderiam ser limpos com facilidade. Pouco depois, Helena desce pisando leve. Traz do carro um embrulho da padaria, bota na mesa da copa. Tira o bolo e chama pela mãe, que já estava lá. Feliz aniversário. Não teve "Parabéns" para não acordar a nenê. O primeiro pedaço para a aniversariante, que separa o chantilly por conta da diabetes.

Entre uma garfada e outra, um gole d'água e uma reclamação de Helena sobre o ex-marido, que não ajuda em nada. Clarinha começa a chorar. A mãe corre pela escada abandonando metade do bolo no prato. Volta com a menina enrolada num dos braços, no outro, a bolsa de couro, e nas costas, a mochila de joaninha. Vou antes de escurecer.

Dona Maria acompanha a filha até o portão e retorna a passos largos para o quintal. Abre a porta do quartinho e logo as cadelas pulam e lambem as pernas da velha, que retribui com afagos, cantarolando o nome delas em voz aguda.

As três entram em casa esfomeadas para comer a broa de milho.

LEITURA

para Moema

Entrei no quarto do hospital, larguei a bolsa no sofá, corri para a mão dela. Apenas o nome. Ela virou a cabeça na minha direção e abriu os olhos. Nossos olhares espelharam um no outro por longos minutos. Era como se naquele exato momento a vida não acontecesse. Reconheci nos olhos dela o breu. Aquele impulso cego diante de uma janela no alto de um prédio. O poder de decidirmos sobre a vida. Então fechei os meus com força, na tentativa de afastar a miopia que me consumia. Quando me abri novamente, sincronizamos nossas piscadas como se virássemos as páginas de um livro. Apertei ainda mais as mãos dela, a pele flácida e macia cedeu à leve pressão. Eram parecidas com as mãos do meu pai.

Tirei um livro da bolsa. O peso todo na mão direita.

Na capa uma fenda deixa entrever o que tem por trás. O que tem por dentro. Se antes era apenas um pedaço de papel, agora, nas mãos dela, uma porta de entrada. E lá, no íntimo, a gente se encontrou.

Começamos a leitura.

Passei o dia reclusa em casa até virar noite. Deitada na cama, sentia minha cabeça minúscula encolhida entre as mãos, que pareciam dois enormes balões. Havia no corpo pesado uma fenda, passagem para a consciência esvanecer. Trêmula de bater os dentes, sentia os reversos, o frio e o calor, o peso e a leveza, o fim e o recomeço. Fervia como se expurgasse algo das entranhas, mercúrio explodindo dentro do termômetro.

A mãe dormia feito pedra. O quarto do irmão, colado ao meu, estava vazio. Nossas camas eram separadas por uma parede. Ouvi as batidas que vinham do quarto dele. *Tan, tan, tan, tan,*

tan, ele batucou na parede. Sorri e devolvi fraco, *tan, tan!,* completando a frase musical. O nosso boa noite, todos os dias. A cadência das batidas ecoando na memória.

A freada brusca do carro interrompeu a batucada. No susto, senti o braço certeiro da mãe fazendo as vezes do cinto de segurança. O irmão, sentado no banco de trás, gargalhando como se fosse uma brincadeira da mãe, me fez rir. Abri os olhos, estava na cama. A mãe, pedra. Vi somente um breu. Aquele instante cego diante de uma janela no alto de um prédio.

Bati de novo na parede. *Tan, tan, tan, tan, tan.* Não ouvi resposta. Liguei para o meu irmão. O pai atendeu. A voz sonolenta dele me acalmou. Parecia que, com as mãos de pele flácida e macia, ele me pegava no colo. Contei sobre as mãos de balão, o *tan, tan, tan, tan, tan* do irmão, a freada brusca e desliguei o telefone sem esperar resposta. Logo, o interfone tocou. O som estridente não tirou a mãe da cama. Era o pai, pedindo que eu descesse.

Ao chegar no térreo, reconheci o pai e o irmão em dois vultos que correram para equilibrar meus passos cambaleantes. Ouvi uma canção, *when I was a child, I had a fever, my hands felt just like two balloons. Now I've got that feeling once again, I can't explain, you would not understand, this is not how I am.* A melodia descortinava um sentimento recorrente. Virei em direção ao meu irmão. Nossos olhares espelharam um no outro por longos minutos. Era como se naquele exato momento a vida não acontecesse.

Dormi as horas que ainda restavam da madrugada no sofá da casa do pai, ouvindo o ressonar do irmão. O calor já não vinha de dentro do meu corpo, mas de fora. Do pai. Do irmão.

O peso todo na mão esquerda.

Antes de fechar o livro, o colofão. Impresso na última página, sozinho. Um sorriso discreto dela, movido por apenas um músculo do canto da boca, dizia até mais. Janeiro de 2018.

GATO MIA

O quarto não estava uma escuridão completa. Só para ele, vendado. Rodopiou três vezes no próprio eixo enquanto nos escondíamos. A cabeça erguida farejava uma pista para se orientar. Ele estendeu os braços à frente e saiu em busca de alguém.

O batimento frenético do meu coração – ou foi meu cheiro? – efeito ímã, atraiu o caçador. Veio na minha direção e tocou de leve no meu nariz. Eu poderia escapar, mas fiquei ali parada, presa no turbilhão que se formava bem dentro.

Ele deu um passo à frente, senti seu hálito doce. Inspirei fundo, guardei aquele cheiro para mim. O ar me invadiu rápido e intenso, fiquei tonta.

Repousou as duas mãos no topo da minha cabeça. Elas estavam quentes, igual às minhas. Escorreu os dedos pelos meus cabelos. Travei os lábios. O riso estancado no estômago.

O labirinto dos fios compridos levou os dedos dele até meus seios. Quando encostou no bico, tirou as mãos como se tomasse um choque. Meu corpo se fez côncavo.

Deu a volta ao meu redor, eu, o sol. Por trás, me abraçou até tocar, sempre de leve, com a ponta dos dedos em minha barriga, que encolheu involuntária. O resto do corpo, desfalecido.

Encostou a pontinha do nariz na minha nuca. Fechei os olhos para tentar esconder o que já era óbvio. Gato, mia.

ALTO-MAR

Para comemorar os vinte anos de casados, saíram da terra firme e se aventuraram numa viagem de navio. O *Regent Seven Seas* era uma cidade ambulante. Por vezes, Marilda se esquecia que tinha água salgada sob seus pés. Os dias no cruzeiro eram embalados por muitas atividades e ofertas nas prateleiras das lojas da rua principal.

Ernesto, em águas rasas, concordava com tudo e achava graça mesmo quando não. Volta e meia, ia checar no iPhone em que ponto do mapa se encontravam. Hoje entraremos em continente africano.

A ceia era de gala naquela noite, o casal nos trinques para o Jantar do Comandante. Beberam e comeram o dobro do que o de costume. Depois da terceira sobremesa, subiram para a suíte. Deitaram na cama *king size*. Marilda demorou um pouco para dormir, incomodada com a barriga estufada e o ronco do marido.

De madrugada, Ernesto saiu do quarto em busca de um remédio para a dor no estômago da esposa. Marilda sentou na cama abraçada às pernas encolhidas junto ao corpo.

O olhar se fixou num quadro à sua frente. Na pintura, um casal abraçado admirava o mar calmo se misturando com o céu azul e limpo no horizonte esfumaçado. Precisou de alguns minutos para reparar que havia um navio camuflado na névoa, pequeno de tão longe da praia.

Um chute na porta tirou Marilda do transe, fez seu corpo estremecer, ainda que continuasse na posição de concha. Apenas os olhos se moveram para o corpanzil forte do invasor. Se encararam. Ofegante, o homem entrou no quarto e trancou a porta. No canto do olho escuro dele brotou uma gota. Marilda teve dúvida se de suor ou lágrima. A gota foi descendo pelo pescoço, diminuindo até sumir, como se perdesse a força pelo caminho. As veias saltadas serviam de guia para que a mulher percorresse o corpo do pirata até os pés. Descalços e sujos, pareciam âncoras fincadas na areia.

A respiração de Marilda entrou na mesma cadência que a dele. Ela liberou as pernas dos braços. O pirata tomou a mulher pela cintura. Ela se deixou levar, o corpo dormente.

Ernesto chegou esbaforido com o remédio nas mãos. Encontrou o quarto vazio. Somente um quadro caído no chão. Nele, a pintura de um casal abraçado que admirava o mar calmo se misturando com o céu azul e limpo no horizonte esfumaçado. Navio nenhum escondido por trás da névoa.

EU TE AMO

Na hora em que se forma, a gente não sabe se vai vingar. Cresce disforme, frágil, incompreensível. Os olhos se fecham como proteção. Ele sopra de leve, cuidando para dar certo. O ar contínuo e morno passa pelo aro úmido. Ela cresce mais e, junto, o frescor. Se quente por dentro, por fora é o oposto. Solta gotículas geladas de suor. Então, ele sente o cheiro. As narinas aspiram de leve no equilíbrio entre sentir o prazer e não chegar perto demais. Mas o encanto acontece sorrateiro. O brilho das cores quando na luz. Esse brilho reflete nos olhos dele, que espelham nela. Os dois parecem conter tudo. O mundo.

Até que ela se solta do aro. Madura. Atinge sua forma definitiva. Capaz de voar. Ele enxerga asas nela. A liberdade de seguir o vento. O vento outro. Não mais aquele que a construiu. É um ar que leva para longe. E sobe. Dentro dela, carrega o sopro dele, já não tão quente. Ele preso nela. Estão por conta agora.

Voam alto. Buscam o céu. Surge mais de uma corrente de ar. Ela vai, ela volta, ela dança. A pressão aumenta, o ar rarefeito. Perde um pouco da cor e do brilho. As gotinhas engrossam enquanto a pele afina. O ar de dentro e o de fora se equilibram na mesma temperatura. Sua existência já não faz tanto sentido. O encanto fadado a um estalo. Ploc. Estoura. As últimas gotículas geladas se espalham feito fogos de artifício mudos.

O eu te amo dele era uma bolha de sabão.

QUATRO LUAS

Ela deixou escapar a língua, ágil, como a cabeça de um animal entocado, à espreita do inimigo. Só que sem medo.

A língua espiou e logo voltou para dentro. Mas eu vi. Vi a escapada. O mesmo tremor da língua de quando ela está prestes a gozar, antes do choro. Não sei se o homem percebeu.

Ele fez uma graça. Ela riu com exagero. Ele cutucou a cintura dela. O corpo deu um pulinho, enquanto os olhos se voltaram para mim. Um pouco arregalados. Ele também olhou para mim.

Reclamei de cansaço. Semana pesada de trabalho, não estava num bom dia para festas. Ela apoiou uma das mãos no meu ombro. Parece um velho, amor. Nem meia-noite ainda. Pegou minha mão e beijou bem na palma.

Fechei a mão com força, muita força. Senti as unhas. Eles se olharam, riram e recomeçaram a conversa. Falei, nem tão baixo, mas ninguém respondeu. Vou ver a lua. Caminhei até a varanda. Os dois ficaram dentro. Uma brisa fria lá fora me arrepiou. As unhas ainda cravadas na palma da mão. Imaginei o desenho das meias-luas que sempre se forma. E que, em pouco tempo, a pele trata de apagar.

Sempre que tinha um pesadelo, a mãe vinha de madrugada. É a fase do medo, vai passar. Um beijo na palma da minha mão. Agora fecha bem forte, pra ele não escapar. A mão dela, como uma coberta quentinha, sobre a minha. Abafava o beijo bem guardado. Ela cantava baixinho e só parava quando minha mão entreabria, relaxada. Então, voltava de fininho para o quarto dela. Eu esticava bem a mão para ver o que restou das quatro meias-luas. Adormecia antes que sumissem de vez.

Na varanda, estendi a mão. A palma desenhada. Ouvi a gargalhada dela. Quatro luas cravadas. Olhei para o céu. Não havia nenhuma.

PASSEIO NO GELO

Três caroços. Enfiava o gomo inteiro na boca. Batata! Cuspia três caroços. Agora um. Observava bem. Por meio da transparência da pele da mexerica, via o redondo e duro caroço, lá parado. Em breve, seria resgatado da boca. Cuspia um. Quase nunca falhava. Despertava uma alegria que ele, mesmo criança, sabia ser meio boba. Foi nisso que pensou naquele instante. Foi isso que o tirou do desespero: agora, não posso falhar.

Do lado do buraco no chão de gelo, afastou a neve com as mãos para desembaçar uma janela fechada à procura do vermelho. Observou bem. Nada.

Foi um pouco adiante, deitou com a barriga no gelo. Os braços e as pernas abriram e fecharam, como se no para-brisa. O movimento arrastou ainda mais a neve e aumentou o campo de visão. Então viu. O corpo miúdo, lá parado. O caroço na transparência da água. Agora, não posso falhar.

Socou o chão com uma força que desconhecia. Cada golpe, um berro. O sangue da mão era da cor do casaco do filho. O vermelho vivo tingiu a neve.

Os ossos da mão forte do homem desalinharam, quebrados. Ele usou a outra mão, que fez a neve ainda mais vermelha.

Um único golpe da cabeça contra o gelo já trincado abriu um buraco no chão. O pai mergulhou metade do corpo na água e agarrou o filho. Puxou o menino desacordado e enrolou o pequeno corpo, redondo e duro, no casaco molhado. Cuspiu o sangue que escorria da testa. Apertou forte a criança contra o peito, como nunca antes. Chorou.

Num espasmo, o menino acordou com a inspiração de um golpe de ar.

FADA DO DENTE

Mole. Muito mole. O dente pendurado por um não sei quê de teimoso não cai. Mamãe começa a beber de manhã e no final da tarde parece amolecer. Pensei no truque do barbante na porta. Tive medo. Se cair, vai sobrar um buraco. O que farei com ele? Teve uma vez que mamãe passou um mês fora de casa. Papai disse que estavam cuidando dela. A casa ficou grande e muda.

Papai acorda cedo e me leva para a escola. Volto para casa sozinho, contando os passos. Quando chego, mamãe pergunta quantos passos foram hoje. Ela fala que cada passo é importante. Minha mãe adora os passos. Ela coloca música alta e sai rodopiando pela sala. Inventa os passos. Eu sou o companheiro de dança. A gente sempre desequilibra e cai no chão. Dói a barriga de tanto rir. De vez em quando, ela quer dançar sozinha. De olhos fechados, chacoalha a mão para mim, como se espanta uma mosca, e depois chora.

Estava na sala montando o quebra-cabeça no chão, esperando o papai chegar do trabalho para me ajudar com o dente. Quando ele entrou, levantei rápido, escorreguei no jogo e desmanchei tudo o que tinha feito. Papai sentou no chão comigo para remontar as peças. Pensamos em alguns truques para fazer o dente cair. Ele disse que a fada do dente me daria uma moeda em troca. Da cozinha, mamãe riu alto e nos chamou de bobos. Será que meu dente vale mais do que uma moeda?

Na mesa da sala, um prato com bolachas e margarina. Mamãe colocou suco até a metade do copo, completou com água e me chamou. Quem sabe o dente não cai quando eu comer? Papai gritou que aquilo não era jantar. O rosto e os olhos dele ficaram vermelhos. Ele foi para o quarto, igual a um soldado quando marcha, e bateu a porta com força. O estrondo me deu um aperto na barriga, parecia que eu tinha levado um soco.

Mamãe sentou do meu lado, encheu o copo dela e virou de uma vez. Depois, deitou a cabeça nos braços como se eles fossem travesseiro. Ficou parada com os olhos abertos, sem piscar.

Mordi a bolacha e deixei dissolver com a saliva. Não quero mais buraco nenhum na minha boca.

GÊMEAS

Depois daquele dia frio na piscina do casarão, Ana não teve mais crise de asma. O ar, como num passe de mágica, nunca mais faltou. Ela sempre lembra da irmã quando pensa nesse milagre.

Ana reservou um quarto no casarão de Ouro Preto. Era a primeira vez que Beatriz iria expor fora de São Paulo. A artista escolheu montar a série de xilogravuras abstratas. Abandonara o figurativo havia alguns anos. As figuras, dizia ela, a impediam de ir mais fundo. Sua primeira criação abstrata foi um amontoado de bolinhas coloridas que pareciam brigar por espaço na composição. Beatriz quis, como sempre, mostrar primeiro para a irmã. Assim que viu a imagem,

Ana foi sugada por uma cena de infância, quando Beatriz determinou que todas as balas de goma vermelhas seriam dela. Fique com as verdes. Sem contestar, Ana enfiou as balas verdes na boca de uma só vez. Todas. Engasgou tão feio que perdeu o ar e ainda levou uma bronca da mãe.

Diante do quadro, Beatriz esperava uma resposta da irmã, mas Ana saiu às pressas do ateliê, com falta de ar, para depois se desculpar pela dor de barriga que sentira de repente. Deve ter sido algo que comi no almoço. Sempre que Ana olhava para as bolinhas coloridas sentia uma ânsia que, com o tempo, foi capaz de suportar.

Quando chegaram no casarão, Beatriz reclamou do cheiro de mofo no quarto e a irmã fingiu não ouvir, ocupada em desfazer as malas. Ana cuidava da agenda da artista, da compra dos materiais, da organização do ateliê. Não se perdoava quando algo saía errado. Cada queixa de Beatriz, feito uma goiva afiada, entalhava em Ana uma marca.

No final da tarde, as irmãs foram até a piscina. Beatriz mergulhou decidida, sem experimentar a temperatura da água. Ana molhou o dedão do pé e recuou. Acompanhou com os olhos a irmã nadar de um lado para o outro e sentiu uma pontada no baço. Sentou na espreguiçadeira.

Ana percebeu a ausência da irmã. Correu até a beira da piscina e viu Beatriz se debatendo no fundo. Seus longos cabelos enroscados no ralo de sucção. Pela transparência da água, viu o corpo em desespero.

Em silêncio, Ana se ajoelhou na borda. Beatriz olhou para a irmã lá no alto, impassível.

Os dois rostos se alinharam. A água foi se aquietando até as imagens se fundirem numa só.

REBELIÃO

Antes de a cabeça cair decapitada, ele teve um sopro de felicidade ao pensar na vida que se formava no ventre de Rosa. No mesmo instante, um grito do alto do morro despertou a vizinhança. Era Rosa. Entre as pernas, sangue. Muito sangue.

MÃOS DADAS

Do banco da praça, vi ao longe um casal de velhinhos caminhando devagar, de mãos dadas. Pareciam andar nos mesmos passos de formiga de que Lurdinha e eu brincávamos quando crianças. O calcanhar do pé da frente toca a ponta do dedão do que ficou pra trás. Passamos a vida assim, em passos de formiga.

Lurdinha e eu levávamos mamãe ao parque para tomar sol, todas as manhãs. A cadeira de rodas ao lado do banco da praça, o rosto dela virado para ganhar um pouco de cor nas bochechas. Os cabelos de nuvem eram o destino dos meus, já no meio do caminho. Lurdinha mantinha a cor dos fios com química, mas a profundeza das rugas do rosto denunciava o par de anos a mais do que eu.

Depois da novela, subíamos com mamãe para a cama. Ela no meio, Lurdinha do lado esquerdo, eu, do direito. Mamãe nem se mexia. Lurdinha, em compensação, não parava quieta. Esfregava uma coxa na outra, gemia, puxava o cobertor entre as pernas num vaivém dos quadris.

O casal se aproximou lento enquanto o sol corava meu rosto. Fechei os olhos, senti o calor da cama cheia, Lurdinha e mamãe. Uma nuvem pesada escondeu o sol e trouxe uma brisa fria. Acariciei mamãe. Ela estava gelada. Chacoalhei o corpo flácido, que não respondeu. Chamei por Lurdinha, que gemia baixinho, olhos semiabertos. Ela acordou suada, em contraste com o corpo de mamãe.

Abri os olhos. O casal agora passava por mim, o perfil côncavo. Ouvi o arrastar dos pés que mal levantavam do chão. Continuavam em silêncio, de mãos dadas. Pensei em mamãe. Ela quase não usava palavras. O tom de voz vinha dos olhos.

Na cama, Lurdinha e eu nos acostumamos com o novo espaço. Passamos a adormecer abraçadas. Pela manhã, íamos ao parque para o banho de sol. De mãos dadas, caminhávamos devagar até o mesmo banco da praça.

O casal seguiu unido, já de costas para mim, em passos miúdos. O sol começou a baixar e dar lugar à noite. Depois da novela, subíamos para a cama. Lurdinha do lado esquerdo, eu, do direito.

Bem de longe, quase sumindo, o casal se foi. O sol também. Voltei para casa, as mãos agasalhadas nos bolsos do casaco. Em passos de formiga, o calcanhar do pé da frente toca a ponta do dedão do que ficou pra trás.

Em casa, Lurdinha me esperava com a sopa.

OLIMPÍADAS

Meu tio demorou para chegar em casa. Disse que Marina enrolou para sair. Pode ser mesmo, ela estava linda, os cabelos soltos, vestido florido e toda maquiada. Papai abraçou os dois, ainda que reclamando do atraso. Tio Binho olhou para Marina e disfarçou a risada. Ela devolveu um sorriso, levantou os ombros.

Tio Binho olhou para mim e fez a festa de sempre. Me deu um beijo, me levantou do chão. Logo me soltou esbaforido, disse que eu já estava pesada demais para isso. Marina riu e se curvou para também me beijar. Os fios úmidos dos cabelos dela caíram sobre meu rosto. Veio um cheiro gostoso de xampu.

Na mesa do almoço, enquadrados nos meus óculos, cabiam apenas tio Binho e Marina. Entre uma garfada e outra, eles tocavam as mãos. Tio Binho começou a falar sobre a viagem ao Rio de Janeiro. Como foi emocionante a abertura dos Jogos Olímpicos. Eu olhava Marina mastigar a comida. A língua corria apressada para não deixar escorrer, de vez em quando, a gota de sangue que saía da carne.

Marina contou como são incríveis as atletas da ginástica rítmica, tão ágeis. Fingindo deixar cair o guardanapo, fui para debaixo da mesa. Os pés dados do casal faziam abrir as pernas dela, o suficiente para ver a cor da calcinha. O solo das russas foi uma das coisas mais lindas das Olimpíadas. Ao se darem conta da minha ausência, voltei para a cadeira dizendo que o que mais gosto é do nado sincronizado.

Papai comentou sobre o *dopping* no atletismo. Tio Binho aproveitou para baixar as mãos sob a mesa. Marina olhou surpresa para ele, que piscou para ela. Riram discretos. O americano perdeu o primeiro lugar. Marina ajeitou o corpo na cadeira, levou os cabelos para trás da orelha. Olharam-se de novo. Ela piscou demorado com a boca semiaberta, e ele desviou o olhar para papai. Bem feito, acham que são onipotentes. Tio Binho trouxe a mão para cima da mesa e a cheirou com gosto. Marina suspirou. Empurrei os óculos que escorregaram pelo meu nariz.

Mamãe lembrou do nadador americano que mentiu sobre o assalto. Agora foi Marina quem levou a mão para debaixo da mesa. Ela alternava o olhar entre tio Binho e mamãe. O coitado perdeu o patrocínio de várias empresas. Tio Binho apertou os lábios e endireitou o corpo. Com a outra mão, Marina acomodou o cacho do cabelo que se desprendeu da orelha.

Depois do almoço, quando tio Binho e Marina começaram a se despedir, dei um beijo neles e subi às pressas para o meu quarto. Ainda ouvi a risada deles. Comentavam como eu havia crescido.

A NOIVA

Joelma abriu os olhos com a claridade do dia e gritou. ESTOU NOIVA!

Olhou para as unhas, que mesmo tão curtas acumulavam uma linha negra por baixo. Levou dedo por dedo à boca e raspou o dente solitário e pontudo por baixo das unhas para limpar um pouco da sujeira.

Satisfeita, apoiou as mãos nos joelhos e se levantou num gemido. Dobrou e acomodou a grande caixa de papelão no canto de sempre.

Zé passou por ela arrastando os pés. Cuspiu um bom-dia.

Joelma curvou os dedos alinhados feito pente. Desgrenhou um pouco os fios e prendeu o véu encardido nos cabelos, como fazia todos os dias. Repetiu agora em tom mais alto. ESTOU NOIVA! Zé continuou em passos lentos sem olhar para trás.

Na ponta do viaduto, a noiva aliviou o xixi e saiu em busca do café da manhã.

AMIZADE

— E aí, mano?

— ...

— Novo no fluxo?

— ...

— Derrubado, mano?

— ...

— Tu não fala, não?

— Que é que você quer?

— Nada, irmão. Só na amizade.

— ...

— Vai um trago aí? Aproveita que a semana foi quente. Nem sempre boto na roda.

— Valeu.

— Na amizade, mano, que é que você faz aqui?

— A vida, cara, ela me trouxe.

— A vida. Tamo junto!

— É todo mundo se metendo na minha vida. Faz isso, faz aquilo. Mãe, chefe, namorada, a puta que pariu.

— Na moral, mano, se tem mãe, namorada e chefe não era pra tu reclamar, não.

— Tinha. Não tem mais. À puta que pariu todo mundo. Tudo fodido e querem que eu seja o salvador da pátria. Tô fodido também, cara. A vida tá fodida. Passa o cachimbo aí.

— Vai fundo, mano. Na amizade.

— E ainda tem o pai. O filho da puta sumiu faz seis meses. Nem um sinal. Graças a Deus, arrumou outros pra espancar.

— Foda, mano. E esse tênis? Da hora.

— Ganhei da namorada. Ex.

— Vamo dá um rolê, mano? Na amizade.

— Bora. Conhece umas mina aí? Tô a fim de arrebentar.

— E não? Tô com o poder, mano. Hoje a gente pega coisa fina.

— Qual o seu nome?

— Gentileza. Meu nome é Gentileza. Tu?

— Guilherme. Cara, por que sua boca tá toda fodida?

— Aí, o novato é virgem na parada, véio! Isso aqui é marca de valente, mano. Daqui um tempo, se tu for valente, vai ficar assim também.

— Virgem o caralho!

— Pra cá. Os beco quente fica pra cá.

— E você, Gentileza, vive na rua desde quando?

— Nasci aqui, mano. É a minha casa.

— Cadê seus pais?

— Pai e mãe é a rua. Da hora essa camiseta, mano. Abercrombe?

— (risos)

— Caralho, os cara! Entra aqui, mano, eles não pode catar a gente agora.

— Não empurra, Gentileza! Puta beco fedido do caralho. Vocês cagam aqui?

— Cala a boca! Deixa os mané passar.

— ...

— Porra, mano! Tu quase dá merda, vacilão. Os cara leva nosso bagulho tudo. Eles pensa que banho, barba e quinze pila ajuda em alguma coisa. Apaputaquepariu. Os filho da puta só quer é ganhar voto. Tão se lixando pra gente.

— Meu, puta fedô, vamo sair daqui.

— Fedô o caralho. Tu sabe o que é dá o cu dez vez por dia pra conseguir o bagulho aqui? E o filho da puta reclama do cheiro da merda.

— Desculpa, aí, Gentileza.

— Desculpa o caralho. Tira a roupa agora!

— Quê?

— Vai, cuzão! Pelado!

— Porra, a gente é amigo, cara.

— Demora que eu te furo, preiba. Tira tudo, o tênis também!

— Caralho, para de me espetar. Tá sangrando.

— Vai, filho da puta!

— Nãããão!

— Preiba vacilão do caralho. Vai se foder.

— Chama... Chama alguém... socorr

A ONDA

Um, dois, três, quatro, cinco. Com a respiração presa, percebi uma sombra boiando na água e me atirei em sua direção. O vácuo daquele mergulho ecoa em mim até hoje. Um dia de sol fraco, incapaz de esquentar o mar.

Era de manhãzinha quando Anabela balbuciou do berço. Valéria se levantou cambaleante e foi ao encontro da filha. Com a menina no colo, saciada pelo leite materno, ela entrou no quarto e abriu, decidida, as cortinas.

— Vamos pra praia? O dia está perfeito para ser a primeira vez da Anabela.

O estalo do beijo na bochecha da filha foi ainda mais demorado do que de costume. Senti o calor de seu hálito quente no longo beijo que me deu. Antes que ela escapasse da cama, com as mãos em concha, segurei o rosto dela junto ao meu. Apalpei as olheiras e percebi que estavam levemente inchadas. Não só Anabela precisava de um respiro ao ar livre. Escorreguei as mãos pelos longos cabelos, prendendo-os nas costas, num rabo de cavalo. Prolonguei o beijo ao mesmo tempo que soltei os fios, todos de uma vez.

— Vamos! Está mesmo na hora da pequena conhecer o mar.

Me levantei da cama tateando em busca da bengala, da sunga e dos chinelos. Valéria separou uma troca de roupas, toalhas, guarda-sol, protetor solar.

Na praia, o barulho das ondas e o vento fresco eram os únicos sons a nos fazer companhia. Valéria disse que nosso guarda-sol parecia um solitário arco-íris no deserto.

Peguei Anabela no colo e cheirei seu corpinho suado.

— Vamos entrar no mar, filha?

Fomos os três: Valéria de guia, eu de cavalinho e Anabela de Valente.

Sentamos na beira, a água me arrepiou. Valéria pegou a filha dos meus ombros. Anabela ria e soltava gritinhos quase histéricos a cada barulho de uma onda rebentada.

Quando os pequenos dedinhos enrugaram, voltamos para o guarda-sol. Me acomodei numa cadeira, Anabela no meu colo. Valéria se deitou de costas para uma soneca.

A pequena balbuciava muito. Com o indicador e o pai de todos a postos, caminhei com os dedos por toda extensão do bracinho, até chegar na ponta do dedo dela que, ainda enrugadinho, apontava para o mar. Ela quer ir pra água de novo. Valéria bocejou preguiçosa. Levantei com a pequena no colo.

— Fica, Val. Eu levo a Anabela pro mar. Já sei o caminho.

Valéria pediu que ficássemos no raso. Ao caminhar para beira, ainda ouvi:

— Quando sair, faz o assobio bem alto, que eu busco vocês.

Entrei cauteloso até o umbigo. Deu um calafrio. As ondas estouravam na minha barriga e respingavam nos pés de Anabela. Ela ria ainda mais, como se o mar lhe fizesse cócegas. Quando acostumei com a temperatura da água, mergulhei os pés dela por inteiro e senti o corpinho endurecer. Levantei a menina para o alto, do jeito que ela gosta: olha a pipa! Como ela riu! Repeti a brincadeira várias vezes, e a risada foi se transformando em gargalhada.

De súbito, uma forte onda roubou a pequena dos meus braços e me derrubou. Engoli tanta água que o sal desceu queimando por dentro. Levantei, ainda zonzo, abri os braços e comecei a girar em torno do meu próprio eixo à procura de Anabela. Ao meu redor, água e mais água. A rebentação me arrastou para a beira. No vaivém das ondas, voltei a rodar, mas agora aos prantos.

Até que parei. Esperando por um fim ou um recomeço. Um, dois, três, quatro, cinco. Uma sombra. Mergulhei. Ensopado de devoção, me despedi do mar.

O RECADO

Se as ondas são palavras, o mar estava calado. Ela caminhou até os rochedos, escolhendo com calma onde pisar, sem machucar. Prendeu o abdômen com força para ganhar equilíbrio. Não podia cair.

À beira dos rochedos, ela e o mar. Aquele mar surdo e mudo. Ainda assim, ela compreendeu. Compreendeu o silêncio das águas.

Horas antes, leu uma passagem de *Ciranda de pedra,* de Lygia. Daniel divagava sobre a morte, um ferro de passar desligado da tomada. Vai esfriando, esfriando, até ser apenas um corpo inerte. Só que com os homens é diferente. Há o sopro. Eterno, sobrevive dentro dos corpos dos que amavam aquele que se foi. Era bonito aquilo. A morte nas palavras dela. Quis abraçar e xingar e beijar Lygia. E ele também.

Teve vontade de chorar. O mesmo choro de criança, quando desenterrou, depois de uma semana, o passarinho de estimação para ver do que a morte era capaz. E viu. Viu lá no horizonte indefinido. O canto do pássaro se formando junto com uma onda, que ganhou força e bateu contra o rochedo. Voou alto sobre as pedras. As gotas salgadas no rosto dela, sem saber se dos olhos ou do mar.

Nesse instante, bem nesse agora, ela inspirou um sopro. Uma paz enorme tomou conta. Quase se sentiu feliz.

MARIDO

Entro em casa e sinto um cheiro diferente. Um perfume cítrico. Vou até a cozinha, dois copos na pia. Encho um de água, engasgo no primeiro gole. Sem desencostar os lábios do vidro, me recomponho para beber todo o líquido. Esbarro num dos copos, e ele se quebra no chão. Limpo os cacos e corto o dedo. Arde. O sangue é estancado com um guardanapo.

Subo as escadas e vejo a porta do quarto fechada. Entro sem bater. O ar abafado tem um forte cheiro de suor. Ela olha para mim e cobre o corpo com o lençol. Luiz senta na cama, mas logo procura pelas roupas largadas no chão.

Fico inerte diante dos amantes. Ela continua com os olhos grudados em mim, arregalados, esperando uma reação. Um suspiro é o que tenho como resposta.

Luiz passa por mim de cabeça baixa, em silêncio. Ela, enrolada no lençol, chora. Sigo para o banheiro. Tomo uma ducha quente e demorada. Desligo o chuveiro e consigo ouvir os soluços vindos da suíte.

Volto nu para o quarto. Ela vestida. Sentada na cama, mãos no rosto e costas curvas. Já não me olha mais. Escolho um moletom. Há tempos, não me sinto tão confortável. Há tempos, não me sinto.

Desço as escadas e escuto os passos dela atrás de mim. Quando encosto na maçaneta da porta de saída, ela diz meu nome. Saio.

Do carro, ligo para Luiz e combino o encontro na Charmosa. Entro na padaria e peço uma cerveja. Espero vinte minutos até ele chegar. Ele pede um copo e me acompanha. Procuro o cigarro no bolso. Ele me oferece um. Aceito, aceso. Fumo em longas tragadas. Na volta, a fumaça traz embutido o mesmo suspiro que me cala a boca.

Uma garrafa de cerveja se vai no silêncio do cigarro. Peço outra. Dou um gole generoso até esvaziar o copo. O olho molha. Reconheço nos olhos do amante as mesmas veias vermelhas dos meus. Jogo o maço de dinheiro na mesa. Ao homem agradeço.

Ando em direção à saída. Aperto o dedo cortado e um fiozinho de sangue emerge na pele. Arde. Enfim, sinto-me.

PRÍNCIPE

Evelyn saiu da cartomante com um sorriso que não cabia no rosto. Gastou metade do salário para ouvir que em dois meses conheceria o homem da sua vida. Aquele para quem ela se guardara. Intacta.

Como fazia todo santo dia, Evelyn saiu para o trabalho bem cedo, com o céu ainda escuro. Um pouco suada no ponto de ônibus, esperou em pé enquanto o corpo esfriava debaixo da saia longa. Ediney chegou em seguida e, educadamente, quis saber qual ônibus tomar para o centro. Era o mesmo que o dela. Subiram juntos, ela primeiro. Ele não era bonito. Talvez Evelyn nem o notasse, se não fosse o homem da sua vida.

Dois lugares vagos, sentaram juntos. Como nunca havia feito antes, Evelyn puxou assunto com o estranho. Desatou a falar, como se lutasse contra o silêncio. Cansada de vazios, seus olhos piscavam mais do que o normal.

Os corpos se tocaram numa curva. Evelyn resistiu ao instinto de recolher a perna. O ônibus retomou a linha reta, mas as coxas se mantiveram grudadas. No ponto dela, Ediney desceu junto para acompanhá-la até a porta do escritório onde trabalhava. Antes de se despedir com um beijo na bochecha, ele pediu seu número de telefone.

Demorou três dias para Ediney ligar. Marcaram um encontro para o sábado de manhã. Em casa, ele disse à mulher que iria a uma entrevista de emprego. Ela, orgulhosa, abraçou seu homem com afeto e com o desejo de boa sorte. Ele beijou na testa as duas filhas mais velhas, um *high five* com o moleque e um leve apertão na bochecha do bebê. Saiu bem-vestido e cheiroso para encontrar Evelyn no ponto.

No ônibus, com o braço ao redor, pediu a moça em namoro. Durante a viagem, ele cochichava ao pé do ouvido, cutucava a cintura de vez em quando e brincava com a mecha de cabelo dela, que teimava em cair sobre o rosto, ruborizado.

Ediney levou a jovem para um hotelzinho no centro e prometeu não abusar. Era só para ficarem mais à vontade. Cama de mola, cheiro de mofo misturado com naftalina. O beijo macio do homem de sua vida fez Evelyn perder a razão. No lençol, a pequena mancha de sangue seria, amanhã, mais um encardido impregnado na trama dos fios.

Deixaram o hotel antes do almoço. Ediney puxou o queixo da mulher e se despediu com um selinho. Disse que precisava visitar a mãe doente. Prometeu ligar no dia seguinte.

Evelyn ficou o domingo todo com o telefone grudado no corpo. Segunda, terça, a semana. Toda vez que chegava ao ponto, olhava em volta na esperança de reencontrar o homem da sua vida. Chorava dia e noite, até que seu corpo secou. Nem um pingo mais. Passou a tomar três banhos por dia, quando então arranhava o interno das coxas, onde já se faziam cicatrizes.

Certa noite, enquanto Evelyn esperava pelo ônibus depois do trabalho, Walmyr apareceu. Ele trabalhava na vendinha em frente ao ponto e, ao ver a moça chegar, atravessou a avenida roendo as unhas. Ficou quase dois meses só observando de longe. Resolveu agir. Puxou o ar com um trago de coragem e arriscou. Sempre te vejo aqui. Qual o seu nome?

Evelyn se virou para o rapaz, que desviou o olhar para as unhas roídas. Um dos arranhões, em carne viva, ardeu quando ela raspou uma perna na outra. Ela não respondeu, nem esboçou reação. Apenas levantou o braço com o indicador em riste.

O ônibus estava chegando.

SORTE

Chegou em casa tarde da noite. Na terceira tentativa conseguiu rodar a chave na fechadura. Tropeçou no primeiro passo dentro da sala. Ainda de quatro, chamou pela mulher. Sem esperar resposta, gritou que desta vez tinha sido diferente. O dia de sorte finalmente chegara.

A mulher não respondeu. A casa quieta deixou o homem em agonia. Subiu apressado as escadas sem se dar conta da dor na canela que se chocou contra o degrau. No quarto do casal, a cama desarrumada, o armário escancarado. Nele, somente roupas masculinas. No chão, um bilhete.

"João, não suporto mais ouvir que amanhã será diferente. Três dias de sumiço foi o meu limite. Não quero mais saber de jogos, cassinos e esperanças. O amanhã nunca será diferente, João. Adeus, Nana."

O homem apertou contra o peito, como se fosse o corpo da mulher, o papel borrado por lágrimas secas. Hoje foi diferente. Hoje foi diferente. Hoje foi diferente. Mais parecia uma reza. Tombou no chão, desmaiado, com o bilhete entre os braços.

Pela manhã, pegou o revólver escondido no fundo do armário e cumpriu a promessa de um dia diferente.

VINTE

Três meia sete três, zero um, vinte. Repeti vinte vezes o número até chegar em casa. Entrei e dei um beijo no Guto. Corri para o banheiro simulando um xixi. Anotei o número: três meia sete três, zero um, vinte.

O coração palpitava como se fosse adolescente. Olhei o relógio, faltavam vinte para as sete. Melhor ligar depois, Flávia está para chegar.

Inspirei forte para manter os pés no chão e as mãos nas panelas. Guto podia desconfiar.

Flávia chegou vinte minutos atrasada. O jantar estava pronto, quentinho, como todos os dias.

Enquanto o marido e a filha contavam sobre o dia, eu pensava nele. Vinte anos mais moço.

Sentia o rosto corar e escondia com um gole de suco. Pensei nos meus vinte anos de casada. A comida quis voltar pelo caminho de ir. Vinte anos!

Comecei a contar as garfadas que levava à boca para esvaziar os pensamentos. De um a vinte. Recomeçava do um, *looping*, até o vinte. De um a vinte, vinte vezes, terminei o jantar.

Qualquer bobeada nos pensamentos, lá vinha: três meia sete três, zero um, vinte. Corava. Suco.

Guto me beijou na testa e foi para o quarto. Fingi calma enquanto sentia os vinte anos a menos.

Flávia se despediu: "Boa noite, mamis, amanhã acordo mais cedo, umas vinte pras sete. Tenho prova". Outro beijo na testa.

Demorei uns vinte minutos para tomar coragem: três meia sete três, zero um, vinte. Alô. Meu coração subiu até a boca, entupiu a garganta, trancou as palavras.

Alô. De novo. Finalmente as palavras saíram. Combinamos para amanhã, na Liberdade. O endereço guardei de cor.

DROGUINHAS

Assim que a dor tirava a mulher de órbita num desmaio, Adolfo levava, em média, quinze minutos para arrancar a droguinha lá de dentro. Era assim que chamava, a droguinha. Uma sangaiada dos infernos até remover todas as sobras. Juntava o emaranhado de carne e jogava no saco de lixo, depois de separar e limpar o cordão para Maria Clara.

Adolfo aceitava mulheres com até cinco meses de gravidez e prometia a elas a vida de antes. O valor cobrado era proporcional ao tamanho da barriga. Contava com a fiel companheira no trabalho e na cama, Maria Clara. A mulher teimou em fazer um paralelo artístico, depois que a professora do curso de história da arte propôs a montagem de uma exposição.

Maria Clara guardava em um balde com álcool os cordões umbilicais que antes eram enterrados com as droguinhas. No primeiro canudo, um nó em cada ponta. No segundo, amarrado a esse, outro nó. Outro nó atava o terceiro. O quarto, mais um nó, e assim o encadeamento foi ganhando volume. Logo precisou de um reservatório maior.

Em três meses, a obra estava de bom tamanho. Maria Clara fez da corrente articulada um único nó de um labirinto sem pontas. Cobriu a peça com cola, que fez endurecer como pedra. Para prevenir o escape malcheiroso aplicou uma grossa camada de verniz.

No dia do *vernissage*, a criação sem título de Maria Clara se destacou. Orgulhosíssima, ela explicava a técnica mista do trabalho, apesar de estar descrita na etiqueta. Papel-arroz empastado com cola branca, tinta acrílica e, por último, uma generosa camada de verniz fosco.

A dona de um orfanato, interessada na compra, viu na escultura a essência do seu ofício:

o elo das peças frágeis transformado em força vital. A obra de arte foi parar na recepção da casa, bem abaixo da placa "Lar Liga de Amor".

PUPA

Foi uma atitude consciente mesmo. Transformar a vida num inferno. Mas uma meia consciência. Ela sabia que era uma decisão com vontade. Mas não compreendia o que movia esse desejo.

Aconteceu depois do fim de semana no interior, quando viajaram para o aniversário da avó das crianças. No domingo, dia de voltarem para a casa, para a rotina, para o conhecido, a mãe acordou com os ruídos do campo, em vez do barulho do filho. Dormiam no mesmo quarto, ela, ele e Laura. A mãe olhou para o beliche, o caçula deitado na cama de baixo. Estranhou que ele ainda não tinha acordado. A primogênita dormia na de cima.

Viu o menino quietinho, naquela posição de concha, aninhado. Buscou a ressonância que ele fazia, mas que naquela hora, não. Se aproximou, sentou na cama, que fez *nhec*. Laura se espreguiçou. Um grito freou o bocejo da menina. O nome do irmãozinho. A irmã se levantou assustada e pulou do beliche para o chão.

A mãe havia deixado o quarto. O caçula permanecia em concha. Laura tocou no irmão, ele estava frio. Chamou por ele, até sacudiu. O gelo do corpo mole dele passou para o dela. Deu taquicardia e ela saiu correndo do quarto em busca da mãe. Já no caminho, desatou a chorar. Muito. Desesperadamente. Era como se as ruas do bairro, que ela memorizava a cada passeio, se transformassem, de súbito, anônimas. Era como se o mundo, que crescia aos poucos, se tornasse, naquele segundo, imenso. Se perdeu sem sair do lugar.

Depois da morte do caçula, a mãe emudeceu. Fazia tudo como antes. Supermercado, banho, janta, trabalho, café da manhã. Só que sem sorrir. Nos fins de semana, não saía do quarto antes do meio-dia.

Laura reparou, no entanto, em um novo comportamento da mãe. Sempre que via qualquer inseto pela casa, se empenhava em dar um fim. Se antes uma chinelada certeira bastava para matar, agora a mãe gastava tempo na morte do bicho. A ponta do pé amassava metade do corpo e, com uma lentidão nova para Laura, a mãe ia esfregando a parte presa contra o chão. Aos poucos, a gosma ia soltando enquanto a outra metade se mexia. A mãe ficava um bom tempo olhando o bicho meio vivo, até resolver acabar com tudo. Às vezes, quando tinha certeza de que o coitado estava mais morto do que vivo, ela largava ele lá para que morresse sozinho.

Certa manhã de um domingo qualquer, Laura acordou cedo e encontrou a mãe já na mesa do café. No beijo de bom-dia, sentiu o cheiro. Reconheceu aquele cheiro. A primeira vez que o percebeu foi na avó. Depois, nas amigas da avó. Reparou em muitos outros e teve como certo que os velhos exalavam um odor particular.

Ao sentir o cheiro na própria mãe, Laura deu um salto para trás. Ficou imóvel ao lado dela.

Achou que a mãe não notaria o sobressalto, pois havia tempos não percebia nada.

Reparou que uma lagarta andava no parapeito da janela. Laura olhou o bicho e depois para a mãe. A mãe fez o mesmo, no sentido contrário. A filha, a lagarta.

Laura pensou na morte lenta. Não se assuste, filha, esse bicho não faz nada. Deixa ela, já, já vira pupa. Senta, preparei o seu café da manhã. Sorriu.

A mãe levantou a xícara e sorveu um gole do café, quente e bem doce.

FORCA

Perverso. Tão perverso. Ele não só me suga para o passado. Ele me faz refém. Me confunde querer aquele que já não quero. Me faz até amar quem não amo mais. Ele me mata e me ressuscita. O antídoto contra ele é o vazio. Porque o vazio é ele. Na sua máxima potência.

Quem é ele?

Quatro letras.

Primeira letra. Dica: a letra inicial daquele que assusta quando criança. Que vive debaixo da cama ou dentro do armário. Que leva ao quarto da mãe, mesmo depois de adulto. Que transforma um casaco sobre a poltrona. Tem hábitos noturnos.

Segunda letra. Dica: ela te oferece uma terceira perna, sem ser bengala. Não é boba, exige algo em troca, uma ação. Também aparece em forma de asas. Catalizadora dos desejos. Sem ela, a literatura morre. Sem ela, os homens morrem.

Terceira letra. Dica: quando pulsa visceral não tem explicação. Ele te leva fundo naquele que você é. Quer você queira, quer não. Quer você goste, quer não. Escancara. Deflora. Desenvergonha.

Quarta letra. Dica: ele te fura os olhos. Cega. Na hora não dói. Tem a dimensão de um monstro. Ferve. Assassina a esperança. Suicida. Revela o mais profundo desejo. Envergonha.

Ele é perverso. Tão perverso.

Quem é ele?

TRILHA

Se ela soubesse estar a vinte passos da primeira bifurcação, que a levaria para a trilha já conhecida, não escolheria, nesta segunda encruzilhada, a estrada de terra.

Durante a descida interminável pelo chão batido, o cansaço trouxe, aos poucos, pensamentos atrofiados e o sangue, agitado, fez o corpo formigar. Um formigamento familiar, que cresceu com ela. Quando o pai desceu a rua da casa deles pela última vez, viu o carro aos soquinhos engasgados e engasgada ficou a garganta dela. Ali, de pé, olhando da calçada, ela formigou pela primeira vez. As pernas um pouco bambas e o sangue, o oposto, correndo cheio de vigor. O formigamento.

Quis ser sangue, quis correr pelas veias atrás do pai, mas as pernas não obedeceram.

Caminhou por um tempo que não passava, sob o sol entre poucas nuvens desenhadas no céu. Uma terceira bifurcação apareceu. Escolheu o caminho que a levou até um beco sem saída.

Em casa, com o pai já ausente, ela apostou nas pernas da mãe. Havia uma cicatriz na canela, lembrança da pisada de uma vaca quando jovem. Foram aquelas pernas marcadas que ela escolheu para si. As pernas da mãe. O sangue da mãe.

Voltou para a estrada e continuou descendo por longas horas. Até que veio o sangue. Violento. Numa correnteza súbita, feito um tsunami que carrega tudo pelo caminho, ela se perdeu. O formigamento turvou os olhos e o que restava dos pensamentos. Nenhuma perna, nem a dela, nem a da mãe, nem a do pai. Era somente o sangue.

Amoleceu na margem da estrada, onde havia pequenos amontoados de folhas secas, uma cama feita pelo vento. Ainda escutou o amassar das folhas quando o corpo desmontou sobre elas. O cheiro da terra. O eco das águas de um rio. Escureceu.

Abriu os olhos e sentiu um resto de formigamento. Bem leve. Passou as mãos pelo corpo, nas pernas, segurou os cabelos, respirou fundo. Dobrou e esticou as pernas. Pela primeira vez, as próprias pernas. Nesse instante, o formigamento passou por completo. Ao lado do corpo, uma fileira de formigas. Ficou absorta nas pequenas carregando folhas tão maiores do que elas. Um último suspiro e ela se levantou. As pernas fortes. Olhou para o ponto em que se encontrava naquela estrada aberta. Continuaria descendo ou subiria de volta para a primeira bifurcação?

Se ela soubesse que o formigamento jamais invadiria seu corpo novamente, teria subido pela estrada de terra.

O MÍMICO

Sentada em pernas de índio com o filho aninhado no espaço que se faz, ela desabou uma única lágrima ao ver o desespero do mímico quando ficou preso na caixa invisível.

Enlatado na infância, quando se tem tanto a dizer, o silêncio. Aquele oco que foi o berço da casa, o berço da mãe. Presa em si, dentro de um corpo oculto, aprendeu a silenciar.

Viveu por anos nessa caixa e cresceu pequena dentro dela. Mas, com o tempo, as palavras se multiplicavam incansavelmente, teimando em ocupar os espaços.

Até que o tanto lá dentro ficou demais e a caixa implodiu. O ar arrebatou as palavras, que voaram para fora do corpo dela, feito bolhas de sabão aladas. Coloridas. Lindas. Frágeis.

O filho se levantou ligeiro atrás das bolhas que nasciam do arco encharcado de água e de sabão nas mãos do mímico que, finalmente, conseguira se livrar da caixa que o aprisionava.

DIÁLOGO

Cada onda uma palavra. Uma sequência, um parágrafo. Depois a pausa, o instante da escuta. Enquanto o barulho da espuma se dilui, os surfistas esperam, a formiga escala a duna de areia, ela deitada na canga percebe. Ele. Era assim o jeito dele de falar. Igual ao mar.

CERTEZAS

Quando pego firme no seu pau crescido em minha mão e olho dentro dos seus olhos, que se esforçam para se manterem abertos, e sinto o golpe de vento de sua boca em meu rosto, a cabeça pende de leve para o lado e fatalmente seus olhos se fecham com força, um gemido espremido se transforma em riso, nesse instante, breve instante, você é meu?

Quando te pego entre as pernas com a mão por dentro e sinto uma luva quente e úmida encapar os dedos, vejo o desfalecimento se propagar feito uma onda sonora pelo seu corpo, até tornar invertebrado esse seu corpo, e olho dentro dos seus olhos, a pupila drogada fora de órbita, um grito choroso, nesse instante, breve instante, você é minha?

Quando nos deitamos num longo beijo, línguas soltas nas fantasias, eu de costas, o travesseiro, calço de quadril, o doce e o salgado, que cato com a mão e lambuzo seu rosto, o cheiro, o pau bem dentro, o pau bem fora, os corpos fundidos, as línguas ainda mais soltas, o pau bem dentro, o pau bem fora, eu me agarro no lençol, te espero, você me agarra nos cabelos, me espera, eu choro, você ri, nesse instante, breve instante, somos um.

TOQUE

Sento antes no banquinho. Depois, ele. Bem na minha frente. A mulher de voz doce e suave, quase um canto de bem-te-vi, dá o tom com as palavras. Olhem nos olhos, por um instante. Instante constrangedor. Um olho desconhecido, da cor do mar, no entanto. Ou da piscina. Busco a pupila, qualquer tarefa para aliviar a tensão. Ou será a fuga daquele olho que me olha? Agora, fechem os olhos, diz a voz. O mar veio. Uma das mãos repousada no próprio chacra, entre a pelve e o umbigo. A outra faz o toque. De leve, na própria pele. A ponta dos dedos mais fria do que as costas da mão que repousa. As veias, veredas. Os olhos fechados e, por isso mesmo, mais abertos.

Agora, busquem a mão do outro. O parceiro diante de mim. A mão surge quente. A minha, fria. Ele nada. Um mergulho na piscina gelada. Nos encostamos e deslizamos as palmas abertas. O mar veio. Azul. A voz suave diz: um toca e o outro recebe. Toco. Ele aceita. Começo de leve, mas ávida para explorar a superfície do outro. O farelo na mão, o homem que cozinha e alimenta o corpo. A mão grande, forte, seca, pede para encaixar. Minha mão se vira, feito as costas do corpo, e é encapada por ele. Ofereço a nuca. O casulo se fecha e abre ainda mais espaço dentro. Um porão adormecido. Acordo. Pupa. Abro as asas. Começo a rodopiar por entre os dedos grossos e encontro neles uma leveza impensada. Passeio por entre os galhos da árvore. Conheço. Reconheço. Escolho um dedo. Aperto forte para denunciar. Quero ir além, mas a voz suave interrompe. É a vez dele. Lembro de respirar. Ainda de olhos fechados, de novo, o mar. Ou a piscina, já não tão gelada. Deito a mão sobre o ar, levito. Espero. Ele chega. Começa. Mas as mãos já se conhecem. Ele na vantagem. Sobe, desce, ao redor, entre os dedos, bambos. Bambas, as pernas, as minhas, se abrem discretas. E sem querer. Ele entra no espaço que se fez. Já não adormecido. Me dou conta da música pela primeira vez. Dançamos com as mãos íntimas, sem ensaio, porém, sincronizadas. Aquilo que ninguém sabe explicar. A cabeça pesa para o lado. Só percebo pelo esforço do pescoço, depois de um tempo. O corpo liberto. Ele se intromete no antebraço, os dedos curiosos fingem obedecer a voz do passarinho. Voa dentro. Ele quer ir além. Eu sei. Agora, abram os olhos e se olhem novamente.

Era outro. O homem. O mar.

COMUNHÃO

para Jorge

Subiu de dois em dois. Para chegar mais rápido, ela ia comendo os degraus. Havia um mendigo, que fumava deitado na escadaria. Tinha um jeito calmo, de quem assiste ao redor. Eles se olharam. No breve instante dessa intersecção, ele percebeu tudo, ela pensou. E teve vontade de dizer: ele não pode ir embora. Mas não disse.

Chegou à portaria do prédio e confirmou a notícia. Foi um AVC.

No caminho de volta, e sem saber por que, andava acelerada como na ida, quando tinha pressa. A rua, as pessoas, tudo recoberto por uma cortina aguada que se formou nos olhos. Desceu a escadaria, ele continuava lá. À espera.

Eles se olharam de novo. Foi quando as lágrimas caíram, transbordaram. Ele não pode ir embora. Dessa vez, ela disse.

O mendigo sorriu somente com os olhos. Ela lambeu as lágrimas. Sentiu o salgado, a vida.

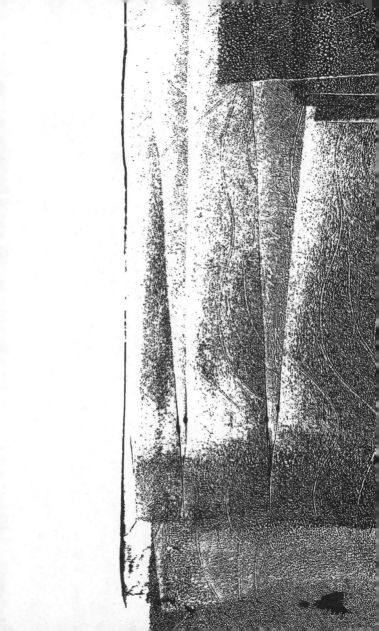

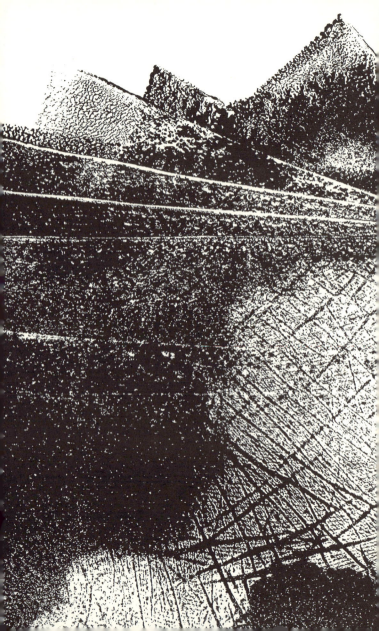

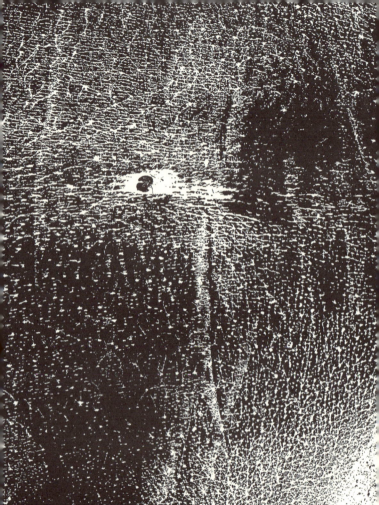

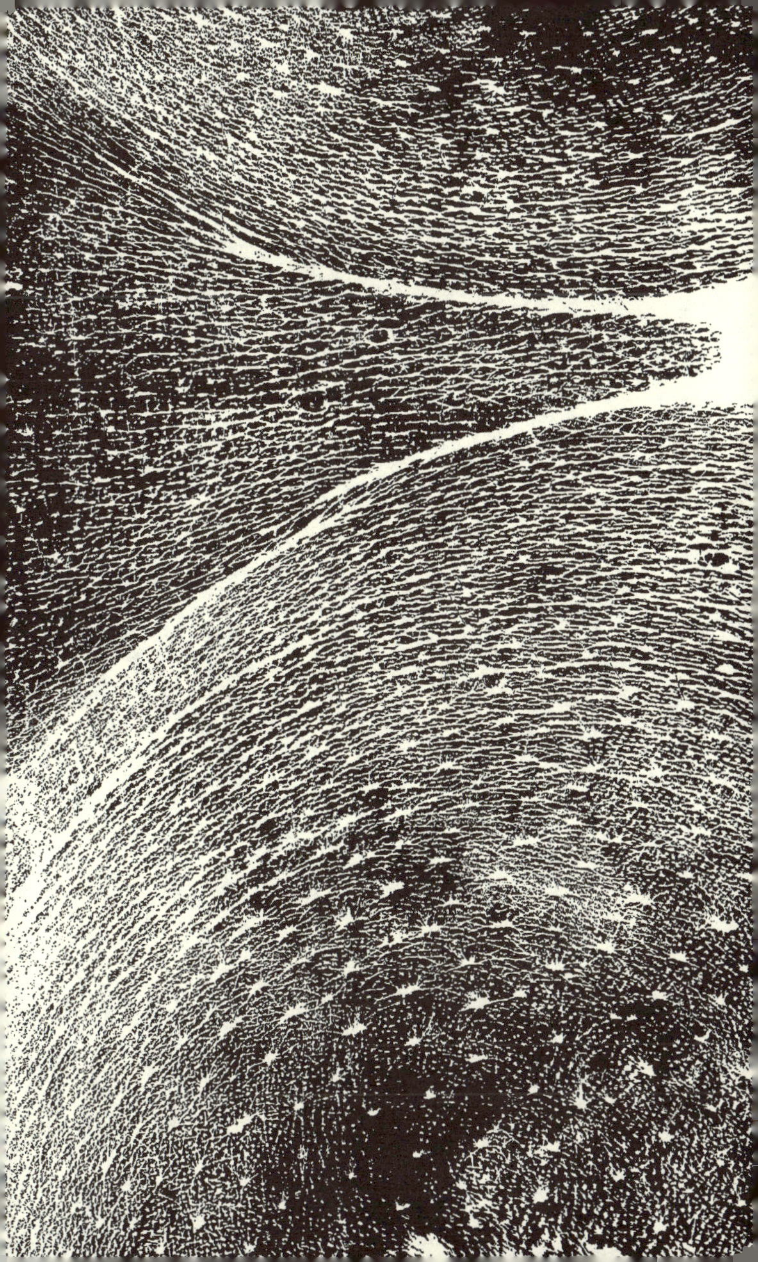

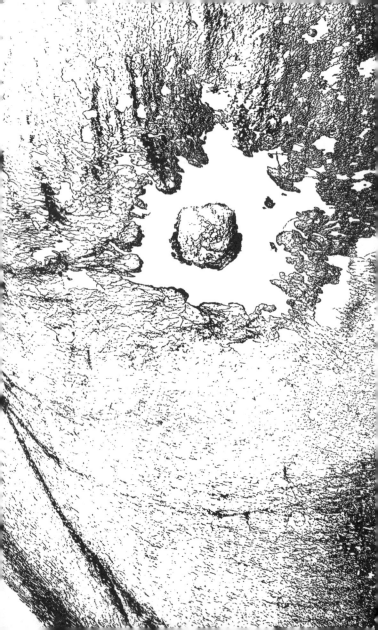

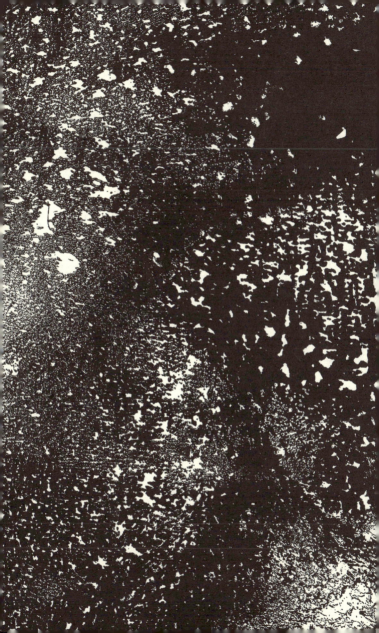

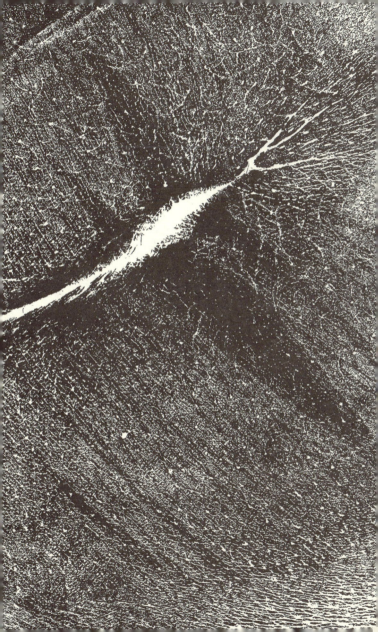

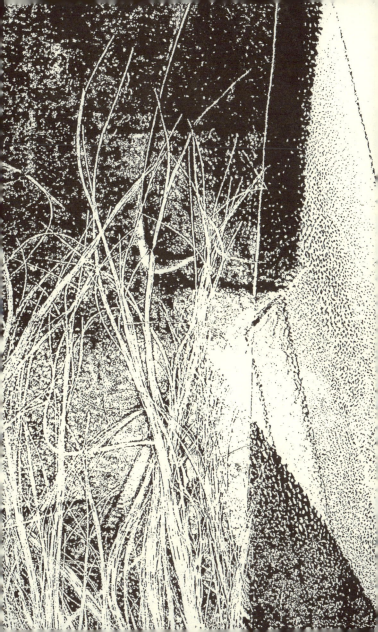

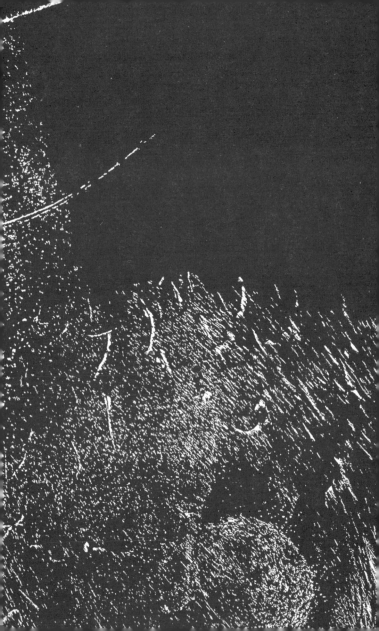

SER SIMPLES FAZ SENTIDO

Crônicas ou contos? Nem gênero nem gênese. Melhor chamar de instantes de ficção ou simples questão de acordo literário. Casamento de palavra e emoção poética, feliz encontro de realidade e imaginário, o real em trânsito de comunhão com a fantasia. Ficção centrada em histórias comuns, anônimas e tão familiares, literatura viva e vivida.

Ser simples faz muito sentido.

Raquel Matsushita sente e escreve, casa a linguagem com a vida, extrai da simplicidade de ser e escrever coisas alegres e coisas doídas com forte dimensão humana.

Essência emotiva e emoção na essência.

É assim que acontece a criação literária da Raquel que joga contra e a favor da condição humana, sempre plena de tensão significativa. Poesia prosaica e prosa com poesia, literatura por dentro da realidade, expressão existencial do que acontece de repente. Instantâneos de amor, sentimento de falta, ausência do que pode ser e não é. O acaso de existir.

Registro poético quase sem intermediação, escritora e escritura unidas pelo sentido de encontro e de comunhão.

Paixão, sempre paixão em ritmo de denúncia sofrida por ela que escreve e pelos outros que apenas buscam viver. Ou sobreviver. No fundo e pela força de uma possível poética da simplicidade, permanente promessa de um mundo melhor.

Existência e revelação na palavra literariamente sentida.

JORGE MIGUEL MARINHO

Mínimo Múltiplo Comum

Copyright © 2023 Faria e Silva.

Faria e Silva é uma empresa do Grupo Editorial Alta Books (STARLIN ALTA EDITORA E CONSULTORIA LTDA).

Copyright © 2018 Raquel Matsushita.

ISBN: 978-65-6025-036-9

Impresso no Brasil – 1ª Edição, 2023 – Edição revisada conforme o Acordo Ortográfico da Língua Portuguesa de 2009.

Dados Internacionais de Catalogação na Publicação (CIP) de acordo com ISBD

M445m   Matsushita, Raquel
           Mínimo Múltiplo Comum / Raquel Matsushita. - Rio de Janeiro : Alta Books, 2023.
           152 p. ; 11,2cm x 16,8cm.

           ISBN: 978-65-6025-036-9

           1. Literatura Brasileira. 2. Contos. I. Título.

2023-2679   CDD 869.8992301
                                        CDU 821.134.3(81)-34

Elaborado por Odilio Hilario Moreira Junior - CRB-8/9949

Índice para catálogo sistemático:
1. Literatura Brasileira: Contos 869.8992301
2. Literatura Brasileira: Contos 821.134.3(81)-34

Todos os direitos estão reservados e protegidos por Lei. Nenhuma parte deste livro, sem autorização prévia por escrito da editora, poderá ser reproduzida ou transmitida.

A violação dos Direitos Autorais é crime estabelecido na Lei nº 9.610/98 e com punição de acordo com o artigo 184 do Código Penal.

O conteúdo desta obra fora formulado exclusivamente pelo(s) autor(es).

Marcas Registradas: Todos os termos mencionados e reconhecidos como Marca Registrada e/ou Comercial são de responsabilidade de seus proprietários. A editora informa não estar associada a nenhum produto e/ou fornecedor apresentado no livro.

Material de apoio e erratas: Se parte integrante da obra e/ou por real necessidade, no site da editora o leitor encontrará os materiais de apoio (download), errata e/ou quaisquer outros conteúdos aplicáveis à obra. Acesse o site www.altabooks.com.br e procure pelo título do livro desejado para ter acesso ao conteúdo..

Suporte Técnico: A obra é comercializada na forma em que está, sem direito a suporte técnico ou orientação pessoal/exclusiva ao leitor.

A editora não se responsabiliza pela manutenção, atualização e idioma dos sites, programas, materiais complementares ou similares referidos pelos autores nesta obra.

Faria e Silva é uma Editora do Grupo Editorial Alta Books

Produção Editorial: Grupo Editorial Alta Books
Diretor Editorial: Anderson Vieira
Editor da Obra: Rodrigo Faria e Silva
Vendas Governamentais: Cristiane Mutús
Gerência Comercial: Claudio Lima
Gerência Marketing: Andréa Guatiello

Assistente Editorial: Milena Soares
Revisão: Cássia Land; Breno Beneducci
Diagramação: Cecilia Cangello (Entrelinha Design)
Projeto Gráfico e Ilustrações: Raquel Matsushita

Rua Viúva Cláudio, 291 – Bairro Industrial do Jacaré
CEP: 20.970-031 – Rio de Janeiro (RJ)
Tels.: (21) 3278-8069 / 3278-8419
www.altabooks.com.br – altabooks@altabooks.com.br
Ouvidoria: ouvidoria@altabooks.com.br

Editora
afiliada à:

Agradeço aos mínimos múltiplos comuns que me acompanharam, de uma forma ou de outra, na construção deste livro: André Matsushita, Carlos Luiz Gonçalves, Cecilia Cangello, Ivana Arruda Leite, Jorge Miguel Marinho, Ronaldo Lomonaco Jr., Selma Perez e Silvia Costanti.

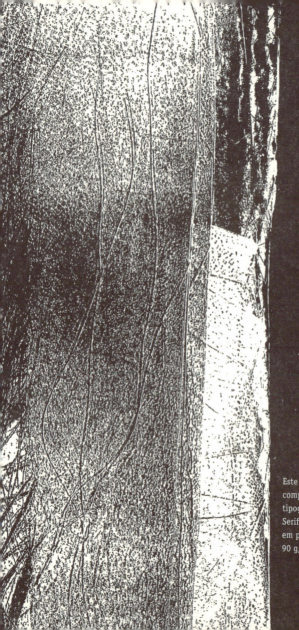

Este livro foi composto com a tipografia Oficina Serif e impresso em papel pólen 90 g/m².